まどろみの島

石田瑞穂

思潮社

まどろみの島　Sleepy Islands

石田瑞穂詩集

思潮社

美生へ

旅の世に又旅寝して草枕夢のうちにも夢を見るかな

――法印慈円

まどろみの島

大きく弓を内へ引き絞って
そのまま、あっさり
破れてしまったような
目にまどろむ東京の湾岸
この世の果てに
美しい憎悪と呼ぶべきものを
見つけてしまったのでしょうか
あなたはこの世界を一足先に
あまりに身軽に身勝手に

飛び発ってしまった
残された私には
何処へ行くべきか
どの世界を発つべきなのか
わからないのです
窓の下には
灰と海と島の
見えないつらなり
まだ地図もない頃
いにしえの歌人が
葉先をすべり落ちる朝露、と
言い当てた、影のなかの邦
見えないことの方が

弱く視えている名の方が
世界へと却って
繫がっていくときがある
いつか、水と同じものを、見たい
一滴の、涙のように
見えないあなたに
語りかけることをお許しください
その気持ちが
手紙を書く手が触れる
もっとも深い泉かもしれないから

東京　冬

Isles of Tokyo, Winter.

遠い日の哀しみが
風の通信に響いています
風の底に十一月の　冷たさを感じて
あなたは　彼方の実を揺らす
うち捨てられた影のうえに
刺繍された　見えない国で

豊洲

ゆりかもめ　という都市のスカイラインを
舞い昇る鳥の鉄道に乗って
「市場前」駅に着きました
広大な無人の予定地は外来の草や
セイタカアワダチソウばかり盛大に咲いていて
深夜駐車場の灰色の光のように　私を癒します

ゆりかもめ「市場前」

あらゆる予定が
壊れてしまった
この国から
あなたへ
風で織ったこの手紙を
私は空に放ちます

新築地市場予定地

今宵の月には住所があります
あなたは肉体から浮かれ
冷たく冴えた光の鐘になる
魂は物に憑くと
物から物へ果てしなく伝わる
万葉の人々はそう美しく信仰しました

北鎌倉

私はあなたとの距離を焼き払いたかった
あなたが愛を葬った場所を知りたかった
白い錠剤の雨の向こうへ晴らしたかった
トワイライトスリープ　薄暮睡眠
あなたの精神と肉体は　まだここに
繋ぎとめられているのに　あなたの——

浦和

砕け散った魂は　いまも心の裸か地に
しんしんと降る　モルヒネが誘発する
半覚醒の状態は　痛みの記憶を消しますが
痛みそのものを消すのではない
あなたは心の不可思議な薄暮にとらわれて
少しずつ　思い出も　言葉も失っていく

浦和

空港ターミナルというのは
妙に明るく　気楽なところですね
通過するだけのシンボルのような場所
私の右手には小さな死の塊があります
ここにない命に宿るかすかな影
その塊はゆっくり　私を眠りに誘います

羽田国際空港

夢のなかから責任は始まる
壜のなかへ見放された帆船のように
古硝子の青い嵐　光の牢として漂う翼から
生きている者とそうでない者の
息と言葉で手紙を織り上げること
封印された渦潮の手で

カンブリア海峡上空

いくら想いを込めて　懸命に書いた手紙でも
飛行機に乗せて　東京を発った途端に
それらの意味は失われてしまう
私たちの言葉はあまりに脆く　儚いものです
イギリスと日本　あなたと私の世界
言葉の本初子午線を旅する　それが手紙の夢

グリニッジ天文台

疾走する窓ガラスに大きく
コインで彫られたHATE　その光の文字が
まっ青な麦畑の水面を吹きぬけていく
君はいったい　にくしみをだれに宛てたのか
教師　隣人　外国人　どんなに速く逃げ去っても
追いかけてくる　透明なにくしみを

ロンドン都市間鉄道

千々の異邦人の島々《インセヘブリディーズ》
いい響きだなと思った
インセは弦を弾くような子音の呼気
破裂音が硬く澄んで惑うのは　バグパイプの音
島々に吹き込まれた
古の音ずれを　口と耳で味わっています

ヘブリディーズ諸島上空

嵐の最中に凍りついた波頭のように
澄みきった大気のなかに雪の峰が
くっきりと浮かび上がります
翼が傾く瞬間　何かの拍子に
銀に輝く雪と川が落日の炎に燃えて
川もまた地球を流れる血潮だと知る

スカイ島上空

スカイ島　春

Isle of Skye, Spring.

プロペラが背後に白い航路を曳き
それは水平線上に見える
島の峰の雪のなかへ溶けてゆきます
古いノルド語でSkið
「翼《スカアハ》」という名を持つ島へ
彼方への翼を手にした　あなたを追って

スカイ島

ここには八百もの島があるという
内陸へ細かく弓を引く
嶮しいフィヨルドの海にとり囲まれ
世界からの孤立と孤独を報せる
モールス信号のようなゲール語が今も話される
私たちの故国は遠い虹の袂にあります

スカイ・ブリッジ

岩屑を積んだだけの港はかなり小さく
青の袋をゆるやかに結び
海で生まれた生命を
入れて育くむ子宮のよう
濡れた牡蠣殻につく桜の花びら
春の満潮です

ブレンダム・ベイ

ユーイグ村

雨に濡れながら老人がバグパイプを吹く
藁葺き屋根の家がならぶ石畳の道には
ウィスキーキャットがのんびりと寝そべり
小川に虹鱒が身を揺らすのを海鵜が見つめ
石底に落ちる完璧な影のゆくえを眼で追う
鉄道も　路線バスもない　北片の島で

この国では一日のうちに
四季がめぐります
濃い霧が陽を浴びて
古い絹の色に変化し
私は音もなく乳色の闇にとり残される
やがてもう一人の私が歩いてくる

ユーイグ村

渓流のほとりで私はいつも独りでした
半ば化石になったオウムガイの月
孤独の城よ
夜半に雨が降った朝
雪形の蛹が背中を割って　銀の翅を川一面に咲かせる
言葉の沈黙とともに　名もない夢が飛ぶ

グレコノン・リバー

小さな奇蹟みたいなものが
まず冷たい石のうえに花を咲かせ
梢から私の肩に
夏の雪　というものを初めて知りました
それは涙にも似て　天から心の底へ
きらめき　溶けてゆく

ダンタム城址

私は　あなたに　ただ一通の
長い　長い　手紙を
贈りたかったのかもしれません
新緑の葉むらを宝石のように滑りおりて
去年の枯葉のうえにとどまる光
そんなふうに　綴られる手紙を

キルマルアッグ

小径から小径へつながる地の星々
陽を浴びて鮮やかな紫
大きく深い花がたくさん咲いて
釣舟草のつぼみが　春逝く風にはじける
胸に押し当てたいほどの美は苦悩に起源を持つ
夏の花は　かなしみの灰から生まれます

ウォーカズ・パス

あ　狐の手袋が咲いている　奇妙で愛らしい花よ
楢の木陰から　狐の手に似た紫の花房が風にはずみ
こっちへおいで　ほらあそぼうよ　そう招くので
英語でフォックスグローブ　日本語でゴマノハグサ
ケルト語でハーヴェーナ　妖精の杖　島から島へ
野花も　言葉も　私も　ずっと昔から旅しています

ウォーカズ・パス

妹が名に懸かせる桜花咲かば
常にや恋ひむいや年のはに
湖に枝垂れた大糸桜そっくりの
花盛りのアーモンドを観ながら
私は故国から手折ってきた古歌を口ずさむ
生きるとは　どれだけ失えるか　だと

スニゾートピーク湖

鍾乳洞の石筍《せきじゅん》に　あなたを偲ばせる
カラスアゲハが死んでいます
新しい旅には　もう必要のない
美しい瑠璃の羽を　春風にゆらして
深い石の管のうちで水が滴り歌います
大地の歌は止まず　地球の時間《とき》を告げて

オールドマン奇岩

マル島　夏　Isle of Mull, Summer.

夢のなかで私の青白い花嫁がまるで
萌黄の吹雪のような
若葉の葉むらの天蓋からでてくる
とがった乳首に白い土がつき
肋骨のかたちも白く荒れて微笑んでいる
まどろみの夢か　紋白蝶が砕けた光か

ダーハン・イン

あなたの硬く澄んだ翡翠の瞳
冷たく　昏い　夏の海に沈んだ
何隻もの難破船
根を下ろさないのではなく
根そのものを信じない生き方も
母国の水の味のように遠く霞む

カルガリー海岸

波に洗われた砂色をした髪が
蒼くゆっくり逆巻いて消えた
あなたは私の右手に厳命する
あなたへの手紙はこの海の色
私の夢に自生する幻であって
見つかるはずのない聖域だと

カルガリー海岸

村のアンティーク店で見つけた昆虫切手
ヨーロッパミヤマクワガタは王の風格　セスジギス
コウテイギンヤンマ　蝶の貴婦人　アドニスヒメシジミ
いまは　詩人の韻律のなかにだけ息づく
ちいさくて　幽かな　夏の威声と羽音
せめて紙の空を飛んでゆけ　あなたへのエアメールで

トバモリー

心の底からでた問いへの答は
必ず人の心を引き裂く
濃い霧の向こうから　ソロを挑むコマドリよ
底光る緑の器に　一点だけ滴った
血のように紅い胸を尖らせ　なお懸命に
きみが奏でる子音は　声にだされた傷のよう

マックローチ家の谷

開かれた頁に虹色の草蜘蛛が来ています
異国の活字のうえで　ほころびた夢の糸をたぐり
水の歌が道にそって走ってくる
湖を鏡にかえてしまうような夏の光が
紙の海を渡る　単独者の顔を一瞬照らす
思いもしない場所に導かれ　途方に暮れた顔を

ローモンド湖

ブルーベルの咲く北片の森で
初めて　花になりたいと願った
夕に咲き　朝《あした》に散る
そして束の間
あなたの髪を飾ることができれば
生きるには　充分でしょう

ロックビーの森

ガラスケースのなかの福音書『ケルズの書』は
文様が余白を恐れるように
頁にびっしりと散り敷かれ
島々をめぐる海流や渦潮を思わせます
水面を移動する波　風にうごめく海猫の紐
太古の海の信号のような　北の線の無限のメロディー

アイオナ修道院

日光の水が本の背にさざ波をつくり
酸化した硬いページのうえで
ゆるやかに蛇行しながら
薄暗い書架の澱んだ時間に
静かな流れを与えています
言葉は眠る　忘れ置かれる至福のうちに

アイオナ修道院

夏の防波堤で音もなく
ふたりは人の心が紡ぐ
単純な散文のなかにいます
切迫とやさしさの満ちひき
一瞬一瞬の意味の波形のうえを
手話の蝶が舞い踊ります

フィナフォート波止場

少女は壁に手の翼影を落とし
さまざまな名前を光と風に還していた
――風には音があるって教わったわ
雨にも　波にも　人が泣くときにも音がある
わたしにはその音がきこえない
あなたの名前も音楽のようなもの？

フィナフォート波止場

宵闇にいち早く鋳造された星々が
燃えながら樹の枝編み細工にひっかかる
どこからか　野鳩のやわらかく淡い声
ブリキを弾丸で射抜いたような
動かない回想のなかを星はめぐり
解読できない言葉の向こうで徴が煌めく

コーネルビュー・ポイント

ジュラ島　秋　Isle of Jura, Autumn.

秋の最初の落葉の腐刻画が
何か書きつけた紙を連れてきたが
私にはその字が読めなかった
ひからびた水の記憶は鮮やかな緋色に燃え
乾いた葉脈は仮説から仮説へのがれ
知らせについて何も知らない

クレイグハウス村

なだらかな丘の錦秋を水鏡にする
大小の湖　炭泥《ピート》の草原　野花の星座
この島はいま　秋の真下にあります
珪石色に輝く北海に掌をのせて
兄妹の島々に挨拶する黒い老婆たち
北国の光がつくる朝に　ただ黙して

ジュラの乳房山麓

迷宮の名残りのような雲を眺めながら
テラスで灰の味のする酒を口に含みます
もし舌と言葉を焼く炎があるとすれば
シングルモルトの黄金色　幾千もの秋に咲いた
小さな地の星々　ヒース　フェザー　デイジーが
堆積してできたピート　千年の花々の血の色

アイル・オブ・ジュラ蒸留所

秋の陽に結ばれた無限の距離
塔だけがのこるライムストーンの教会
淡黄花の穂のあいだで遊ぶ
島の秋の宝石　蜂鳥たち
私もいつか手紙のなかの一語にすぎなくなる
忘却をかいくぐり　花の涙を吸うペンの翼

キルニーヴ教会跡

父と同齢の詩人が本の見返しに
サインするのを眺めるのが好きだった
いまも弱強五歩格を手放さない詩人は
真実と直面する瞬間を無意識に延ばすように
ペン先を紙に押しつける前　まず軽く宙へゆり動かす
紙の空でぶんぶん歌う　ハミングバードみたく

バーンヒル書店

水精《ウンディーネ》の手で愛撫されて
完璧に近い流れをもった
赤鹿《ジュラ》の角が波に白く洗われています
隔世の海を泳いでまで
愛するものを訪ねたのか
対岸の葉のかがり火に身を焦がして

コロンゼー島湾

落葉松の　水楢の　オリーブの木立を
秋の白く乾いた風が渡ってゆき
季節の終わりを　きっちり仕上げていく
出会いは　長く準備されてきた再会
愛するとは　知らずに出会っていた
小さな心の震えの　痛みを伴う再認識

アイラ島

桐の葉のふれあう金色の風に
菩薩の顔をした実がはじけて
小さな記憶が蘇る　きつくにぎった手
湯の感触におびえて　私をさがした赤子の瞳
水滴の飛び散った　生命の塊の重さ
私の鼓動に吹きかかる　あなたの熱い息

ポートナハーブン村

覚えていますか　二人で集めた秋の宝物
——突然変異の双子ドングリ
萩の花で編んだ雨乞いの呪文
枯れ葉のように軽い山鼠の頭蓋骨
それらは　不在が　別の者にとって
貴重な再生の機会であることを静かに語ります

ブナハーブンの森

廃村に残された教会はどれも
立ち去った村人が
時計の針を外していった
荒れ果てた庭に
秋風が黄薔薇の匂いを巻き上げて
彷徨《さまよい》の乾いた香りが私の胸を充たします

旧ポートシャーロット集落

水平線が花びらのように柔らかな
ピンクの薄闇に染まる
その遠い秋の花を滑りつつ
野天のケルト十字の向こうから
大きな真珠星が昇ってくる
太古の視線に導かれ　私は遂に秋の骨を見つけた

キルダルトン十字架

遠い過去のような秋空のなかから
羽が一枚　一枚　ゆっくり降ってきます
落羽松《らくうしょう》の葉が夕日の蜜に輝いて
森は天使たちの羽で一杯になる
人が最後に見るのは　時間だ
何世紀もの塵が一瞬の光に浮かんでいる

ポート・エレン　千年の森

ルイス島　冬

Isle of Lewis, Winter.

夢のなかにも荒野《ムア》が広がり
野に落滴した星と　ヒースを踏んで
涙をためた黒い聖女が歩いてきて告げた
癒せない悲しみは　悲しみではない
悲しみの衣装を着て　あなたと旅をする
悲しみの黒い姉妹なのだと

ザ・ウィンド・ホテル

眠りと目覚めの差異を知ること
あらゆる境界にたいし
覚醒していることが
正気というものの本性ではないか
宿酔いの朝　白濁した密造モルトが
見知らぬ他人の　骨壺に見える

ストーノウェー B&B

枝にコオロギの速贄《はやにえ》がかかっています
すると私は霧の峰のうえから
こちらをじっと猜疑しているだろう
瞳の針先を首筋に意識してしまう
どこからか　小さな
死を透けて聴こえてくる　冬の音楽を

サンドウィック港

私になる前の私は　いたのだろうか
あなたになった後のあなたは　いま　どこに
古代の墓　ストーンサークルのめぐりの外
紅砂苔の絨毯のうえで　岬を渡れなかった蝶たちが
翼をたてたまま永い眠りについています
ゆっくりと私を　死と再生の環に招き入れながら

カラニッシュ遺跡

冬のハイランドの牝羊たちは　あまりの寒さに
臨月より前に　仔が降りてしまうこともあった
眠れない朝　まだ凍った草の上を歩くと出会う
明け方の薄明かりで見る青みがかった
乳白色の半ば透き通った月たらずの仔は
まったく別の世界から紛れ込んだ手紙に思えます

グリマースタ高原

崖にそよぐ黒髪とブルートパーズの瞳
ケルトの血をひく女性は海に向かって
無伴奏チェロソナタ・ブーレを奏でます
アザラシを招待した風変わりな独奏会
ウミガラスの大群を呑みこむ落日を背に
パフィンがバッハのメヌエットと舞う

マンガースタ・クリフ

私たちが名前を発明したこと自体
すでに　手遅れなほど
世界で迷子になっている証ではないか
名前が冬のシリウスのごとく
暗い夜道を照らすことはもうない
ブラックバードが囃して歌います

ウィグ村

同心円の外側から　ため息のように蒸発した
ドアノブのうえの　冬の指紋
私の右手は慄いていいます
あなたに宛てた文字が記憶を破壊することに
手紙はいまという過去を　さらに
霞んで見えない過去へ送り届けることだから

ホワイトハウスB&B

純粋な痛みの旋律に私は囚われる
それがひどく深い傷であることが私にはわかる
書いても　書いても　傷口は咲き誇り
ペン先を紙に押しつけるたび
右手は空無の鋭い結晶に裂かれる
あなたへの手紙は言葉と両立しえないのか

コーギー・ゲストハウス

ひとひらの雪は盲《めしい》を白く結晶させている
手でつかむことはできても
掌を開けば　そこには抜け殻しか見えず
本体は見る前に消えてしまう
雪を見たければ　灰色の空を自由に舞い
光と踊り続ける姿を　いつまでも見送るしかない

東ロッホローダ湖畔

雪原も蜃気楼を見せるのでしょうか
白銀の吹雪の向こうへ　点々と　狼の足あと
それは儚さからの　死者のことづて
——狼それ自身を知ることはできない
狼は木と同じ　水と同じ　この世界と同じ
誰も世界にはさわれない　それは消えた息と同じだから

西ロッホローダ湖畔

円丘のオークの樹冠を明るく縁どる
それはたんなる輝きでも光でもなく
なにかとても物質的なもので
光の突風が海の波形をなし
次々　地平線一杯に駆けだしていく
初めて見るオーロラ　天と地が織る　あなたの翼

ハリス島

幻の島　春

Isle of Illusion, Spring.

夢を見るとは
記憶を癒すことではなく
埋葬するのでもなく
誰にも　私にさえも　知られずに
まどろみの海に浮かべること
誰からも見えない　島のように

この島でも　柳絮《りゅうじょ》　と呼ぶのでしょうか
コットンウィードの種が風に舞い
春の通り雨の後の　やわらかい灰色の陽差しと
砲金色に輝く石造りの軒先を音もなく覆う
夢幻の園から舞い降りた　小鳥の柔毛《にこげ》
季節にゆだねられた生からの　魂の郵便

あなたは私に　てのひらを大地につけて
ゆっくり自然を見つめることを教えた
異邦の四季にうつりゆく色とかたちを
丸まった葉をのべ広げてゆく羊歯に
だんだん革のように太っていく樹の葉に
成長していく蝸牛の殻に感じとることを

貝を敷いた路傍で　永遠を旅しながら
海霧の手で石の頬を撫でられ
土に還る悦びを顔にたたえた聖人像よ
眠るとは　ゆるやかに世界を棄て去ること
大地を覆うやすらかな呼気で
何もかも秩序づけ　忘れてしまうこと

テクノロジーとは　結局
世界を閉ざす手段なのかもしれません
私は死者にも自然にも届かない言葉を
手と紙で綴る　叫び方さえ忘れて
海霧にふるえる花々の　静かな光の暈《かさ》
静けさも詩も　ひざまずいているものなのですね

日本語でいう　もののあわれ
もの　とは　法のようなもの
あわれ　とは　かなしみ
推古の詩をそう語った人もいました
あなたはもういない　と呟く分　手紙の枝葉に
不在の朝露がびっしり戻ってくる

夜明けの雨音のかけらを辿って
映像が回転し始める
あなたは入院三日目の早朝
人格と知性と記憶が一瞬のうちにずれて
次の世界へ旅発ってしまった
繰り返し見る夢に踏み入るように

生命という織物の
いちばん細い基本の糸が
風にほどけてゆきます
微粒子の糸たちが　束の間　結ばれ
息をするたび解き放たれ
始まりと終わりがひとつになる

上方の峰の雪原がピンク色に輝き
雲の下腹は褐色から紫へ鎮火して
暗さを増す空に宵のカペラがきらめく
黄昏にふるえる心は　私をあふれ　強い絆で
遠いどこかの　誰かにも響いている
天から瞳へこぼれ落ちた　魂の湧水に

暗くなると夥しい星々が
空いちめんに薄機《うすはた》を広げて
草々の花芯にも落滴した
天のピアノ譜を目で聴きながら
あなた　と　私
還るのは　お互いの傍ら

嵐で浜に打ち上げられたのか
波の力で樹皮が剝げ落ち
塩水で木肌が堅く滑らかになった
流木が白い花を吹き上げています
忘れえぬ思い出だけを
痛みのように身にとどめて

波の砕ける音がきこえます
北国のフィヨルドに特有の
遠くでガラスが砕けるような波音に
差出人も　宛名も消えた　手紙が浮き沈みします
また　あなたと　めぐり逢えるまで
失われた日々よ　もうおやすみ

目次

まどろみの島——6
東京　冬——9
スカイ島　春——23
マル島　夏——37
ジュラ島　秋——51

ルイス島　冬——65
幻の島　春——79
あとがき——94

初出——本書には二〇〇八年から二〇一一年までの、「現代詩手帖」「文學界」「朝日新聞」掲載作品を加筆・再構成した作品が含まれています。

あとがき

二〇〇六年、私にとって、兄妹のように育った従妹が急逝しました。自ら命を絶とうとした行為の結果でした。

呆然自失のまま、私は渡英する機会を得、スコットランドの西岸に散らばる最果ての島々、ヘブリディーズ諸島まで足を伸ばしました。それから数年が経ち、私は旅のノートを頼りに〝詩〟とも〝手紙〟とも呼べない六行の言葉を、百通を超す葉書に綴りはじめていました——死者には、もう夢のなかでしか会えないのだとしても。

ヘブリディーズ諸島は、日本の穏やかな山野とちがい、氷河と嵐に荒々しく削られた、断崖の島々です。永い時をかけて褶曲をつけた雄大な山々となだらかな丘。山腹には白い点のような羊が散らばり、緑野は光に満たされたと思うや、瞬時に雲と霧に覆われて翳る。幽玄とも言える光景と、時の流れに支配されています。

多くの住民がゲール語を解し、島にはスタンディング・ストーンと呼ばれる青銅器時代の立石も点在します。約八百の島々を結ぶ交通手段は主にフェリーで、ほとんどの島には公共の交通機関がありません。観光客はシングルモルトやケルト文化の愛好家ばかり。北片の島々は、いまも欧州からこぼれ落ちた世界であり続けています。

私はなぜかこの島々を、とても懐かしく感じました。そして異邦の自然のなかで文庫本を開き、『万葉集』をはじめとする推古の歌に、日本にいるときとはちがう気持ちで親しむようにもなりました。ヘブリディーズには、宿り木の葉に死者への想いを綴り、その葉を小さなブーケに仕立てて海に流すという、珍しい春の風習が残っています。いわゆる万葉時代の日本でも、芋の葉の露で墨をすり、梶《かじ》の葉に和歌を書いて贈ったそうですから、不思議なつながりを感じました。静かで厳かな島の自然に抱かれ、古い歌に聴き入っていると、あまりに遠くへ来てしまったという実感とともに、私を淡く包む光にも大切な人はきっといる、そんな確信が芽生えたものです。

本書を、この時代を生き抜けなかった優月美香信女に手向けます。また詩集を編んでいた二〇一一年三月十一日には、奇しくも、東日本大震災が起こりました。この場をお借りして、犠牲者の方々のご冥福を心よりお祈りいたします。
　大切な人を亡くした痛みは、和らがないかもしれない。それでも、遺された者は故人の想いと記憶を胸に、自らに与えられた命を精一杯まっとうしなければならない。本書を書き終え、私はそう思います。そのことの本当の意味を、いつか詩が教えてくれることを願って。

二〇一二年　晩春

まどろみの島《しま》

著　者――石田瑞穂《いしだみずほ》
装幀者――奥定泰之
発行者――小田久郎
発行所――株式会社思潮社
〒一六二―〇八四二　東京都新宿区市谷砂土原町三―十五
電話〇三（三二六七）八一五三（営業）・八一四一（編集）
FAX〇三（三二六七）八一四二
印刷所――創栄図書印刷株式会社
製本所――誠製本株式会社
発行日――二〇一二年十月二十日　第一刷
二〇一三年四月二十日　第二刷